AF215486

Bücher, sind nicht nur Bücher,
es sind unsere Gefährten der Zeit.

(AnGwo)

„Wir können nicht immer alles verändern, doch
wir können versuchen, das Beste draus zu
machen."

(AnGwo)

Annette Gwozdz

RAIN BOY

Regen auf deinem Gesicht

Homepage: http://annette-gwozdz.de

Herstellung und Verlag: BoD - Books on Demand, Norderstedt
ISBN: 978-3-7494-0979-2

„Eleganz bedeutet nicht aufzufallen, sondern in Erinnerung zu bleiben.

(Georgio Armani)

So oft schon, bin ich an ihm vorbei-

gerauscht, ohne ihn wirklich wahrzunehmen.

Bin ich blind gewesen, oder war es nur deshalb so, weil er so war - wie er war; ein armer Obdachloser. Ungekämmt, irgendwie komplett unsauber eben total anders, als wie man es von sich selber kannte. Warum ich diese Berührungsängste hatte, konnte ich mir beim besten Willen nicht erklären. Doch heute frage ich mich, warum ich diesen Schritt nicht schon früher gewagt hatte.

Ich heiße Katharina Lehmann, Freunde nennen mich *Kati* und dies ist meine Geschichte.

Es war an einem warmen, doch verregneten Sommertag, als ich wie schon so oft, an ihm vorbeihuschte.

„Oh Gott, der Arme", denke ich jedes Mal, wenn ich den jungen Mann sehe. Er ist zwischen fünfundzwanzig und dreißig Jahre alt und sitzt in unsere Stadt mitten auf dem Gehweg. Vor ihm steht ein kleiner Becher mit vielen Löchern sowie ein Schild mit der Aufschrift: „Ich bin obdachlos! Habe Hunger!" Seine Klamotten sind dreckig, die Haare lang und klebrig.

„Der Arme könnte wirklich eine Dusche vertragen." Ich stelle mir jedes Mal die Frage, ob er wirklich obdachlos, arm und hungrig ist oder ob es nur eine Taktik ist, um den Menschen das Geld aus der Tasche zu ziehen. Mein Freund Jasper warnt mich immer vor solchen Leuten. Er meint, dass sie einfach nur zu faul zum Arbeiten sind und eh nichts anderes als Alkohol und Drogen im Kopf haben. Außerdem würde er nie etwas zu essen annehmen. Leute wie der, die wollen nur Bares. *„Mal sehen."* Meine Neugier ist geweckt und ich habe einen Plan, wie ich es herausfinden kann. Jetzt … erst … recht!

Ein paar Meter weiter kaufe ich beim Bäcker eine Vanillestange und gehe zu dem jungen Mann rüber. Wäre Jasper dabei, hätte er es mir sofort ausgeredet und mir bestimmt noch eine gewaltige Gehirnwäsche verpasst. Kaum bin ich aus der Bäckerei raus, fängt es zu regnen an.

„So ein Scheiß aber auch!"

Mein Blick schießt sofort zur dem jungen Mann. Ich bin gespannt, was jetzt passiert und ob er meine Tüte annimmt. Meine Meinung war immer, dass eine Bande, die den Leuten das Geld aus den Taschen zieht, spätestens bei so einem Regen ihre Sachen packt und sich verzieht. Doch er sitzt immer noch da. Mit einer Regenjacke, die er sich über den Kopf hält, versucht er sich vor dem Regen zu schützen. Sein Gesicht jedoch hält er mit geschlossenen Augen den Regen entgegen. Die Jacke reicht nicht, um dem Regen zu entweichen, der armer Kerl ist klatschnass. Mein Herz zerreißt in tausend Stücke. Als ich vor ihm zum Stehen komme, blickt er zu mir hoch und ich erstarre beinahe vor Scham. Würde gern im Erdboden versinken. *„Was für wunderschöne Augen er hat. Wie zwei Maronen blicken sie auf mich."* Das kribbelige Gefühl in mir verschwindet, als er wieder auf dem Boden sieht und meint: „Was kann ich für dich tun? Ich habe nichts, also starre mich nicht so an. Verstanden?!"

„Ähm … Entschuldige bitte, ich wollte nicht unhöflich sein! Hier ist etwas Süßes für dich! Magst du Süßes?", frage ich und reiche ihm die kleine Papiertüte mit der Vanillestange hin. Zugleich merke ich, wie peinlich doch diese Frage klingt.

„Ja, ich mag Süßes! Du bist süß", kommt als Antwort, während er mir die Tüte aus der Hand nimmt und sich kurz bedankt.

„Okay, dann lass es dir schmecken! Bis dann mal", stottere ich mit unsicherem Unterton. Auf dem Weg nach Hause grübele ich die ganze Zeit darüber nach, was ihm wohl widerfahren ist? Was war passiert, dass der Arme sein Leben da draußen verbringt? Immer wieder die gleiche Frage, das Karussell beginnt sich zu drehen. Ich laufe in der Wohnung auf und ab. Sein Blick hat es mit angetan. *„Mensch, was ist in seinem Leben schiefgelaufen, dass er jetzt bettelnd im Regen sitzen muss?"* Ich habe keine Ruhe mehr, schnappe mir den größten Schirm und verschwinde Richtung Stadt. An der Stelle angekommen, wo er vorher gesessen hat, stelle ich fest, dass außer einem

Stück zerfallenes Zeitungspapier nichts und niemand mehr da ist. „*Oje, da war der Weg wohl umsonst.*" Mit einem Schmollmund und gesenktem Kopf, stehe ich nun da. Wie bestellt und nicht abgeholt. Na egal, allein der Wille zählt. Der Regen wird immer stärker und ich beschließe zurückzugehen.

Menschen, die an mir vorbeilaufen, kann man an den Fingern abzählen. „*Was für ein Sommer! Schade, wie gern hätte ich ihm meinen Schirm gegeben!*" Als ich gerade gehen will, ertönt in einer Unterführung hinter mir eine Stimme – seine Stimme.

„Hey, du! Süße Vanillestange. Wohin?"
Ich drehe mich um und sehe den jungen Mann völlig durchnässt in einer Ecke auf seinem Rucksack sitzen. Vorsichtig gehe ich auf ihn zu.
Schließlich weiß ich nichts von ihm und habe Schiss, dass er etwas Blödes vorhat. Doch was sollte er mir den anhaben? Immerhin habe ich dazu beigetragen, dass er nicht verhungert! Etwas Dankbarkeit könnte er schon zeigen. In kleinen, langsamen Schritten gehe ich in seine Richtung. Überlege jedoch immer noch, ob es denn überhaupt richtig ist? Jasper würde wie ein Zäpfchen abgehen, wenn er wüsste, was ich da tue. Das aber weiß ich selbst nicht.

„Keine Angst, ich beiße nicht! Und hey, danke für die leckere Vanillestange!
Es war das i-Tüpfelchen des Tages.

Kaffee dazu wäre ein zusätzliches Highlight!"

„Kaffee ..., Kaffee ..., Kaffee", murmele ich mehrmals hintereinander. „Aber das ist doch kein Problem, ich hol dir einen. Warte hier, nicht weglaufen, okay?"

„Blond und süß", ruft er mir hinterher.

„Was? Wie bitte? Ich verstehe nicht", tue ich blöd, weiß indes, dass er mich meint.

„Der Kaffee", fügt er hinzu.

„Was ist mit dem Kaffee? Willst du einen oder nicht?", frage ich erneut.

Mein Blick ist direkt in seine wunderschönen Augen gerichtet. *„Oh Mann, warum kribbelt es überhaupt in meinem Bauch, wenn ich ihn ansehe?",* schwirrt mir immer wieder die Frage im Kopf herum und bringt ihn zum Schütteln. Ich fühle mich etwas beduselt, als ob ich soeben aus einem Schlaf erwacht wäre.

„Ja klar will ich einen! Blond und süß!

Übersetzt heißt es: ,Kaffee mit Milch und Zucker'. Hast es jetzt verstanden oder soll ich mitkommen?"

„Lieber Gott, lass unter mir ein Loch entstehen, in den ich in die tiefste aller Tiefen versinken kann. Wie peinlich ist das denn bitte. Das ist doch wohl klar, ich habe diesen Spruch schon so oft gehört. Und jetzt so was. Dämliche Kuh. Immer lächeln und sich nichts anmerken lassen, Kati."

„Ähm, klar weiß ich es! Bleib ruhig da! Ich bin gleich zurück", antworte ich und verschwinde um die Ecke.

Es ist so peinlich. Meiner Meinung nach kann es nicht mehr schlimmer werden. Doch es wird schlimmer und peinlicher, als ich bemerke, dass ich meine Tasche samt Brieftasche gar nicht mitgenommen habe. *„Bitte, bitte lass mich im Erdboden versinken oder in Ohnmacht fallen. So wäre ich aus dem Schneider. Oder?"* Hilft alles nichts. Also gehe ich wieder zur ihm zurück. Mit den Händen in den Hosentaschen tappe ich langsam und total verschämt auf ihn zu.

„Hi", flüstere ich und bemerke, wie mir die Hitze, Röte und alles andere in die Birne steigt. *„Immer lächeln, das hilft bei Männern doch immer. Hoffentlich auch bei ihm."*

„Na, ist der Kaffee alle?", fragt er während er sich die Krümel aus der Papiertüte, wo vorher die Vanillestange war, in seinen Mund schiebt.

„Puuuh, wie soll ich es sagen! Der Kaffee ist da, nur … ich habe mein Geld nicht mitgenommen! Sorry, wird wohl nichts mit Kaffee heute."

Er lächelt mit gesenktem Kopf, räuspert sich und steht auf. *„Wow, wie groß er doch ist. Das sieht man ihm nicht an, wenn er sitzt."* Ich werde zunehmend nervöser. *„Was macht er denn jetzt? Bestimmt wird er seinen Abgang machen. Zu holen ist hier heute eh nichts mehr."*

„Ich werde uns schon einen Kaffee besorgen, bleib kurz hier!"

Er geht in den Regen hinaus, baut sich samt blechernem Becher an seiner vorherigen Stelle auf und holt etwas aus der Tasche. Binnen Sekunden erklingt aus einer Mundharmonika eine wunderschöne Melodie. Ich bin baff.

„*Musikalisch ist er auch noch.*" Ich erkenne die Melodie, die er spielt.

Es ist „You Are The Reason" von Calum Scott. Eines meiner Lieblingslieder. Es klingt honigsüß in meinen Ohren, ist wunderschön und traurig zugleich. Es dauert nicht lange, bis die ersten Passanten, die an ihm vorbeigehen, ihr Kleingeld in den Becher schmeißen. Zehn Minuten später packt er die kleine Mundharmonika in seine Tasche zurück.

„Dieser Regen ist wunderbar", sagt er und lässt die Tropfen für einen Moment auf seinem Gesicht abperlen. „Versuch es auch", fordert er mich auf, doch ich will nicht. Den Blick auf mich gerichtet – gemeint als Aufforderung, ihm zu folgen – fängt er an, das Kleingeld zu zählen.

„Und deine Sachen?", frage ich.

„Die sind immer noch da, wenn wir zurückkommen. Ich nehme nur den kleinen Rucksack mit."

„Okay", erwidere ich und folge ihm zum Bäcker, nachdem er sich den Rucksack über die Schulter geworfen hat. Die Bedienung ist sehr

13

freundlich zur ihm. Anscheinend kennen sie sich. Doch die anderen Menschen, die hier sitzen, haben überhaupt kein Benehmen und lästern über ihn ab. Eine junge Frau zeigt sogar mit dem Finger auf ihn. Das bringt mich zum Kochen. Da ich so etwas verachte, kann ich meine Klappe nicht halten. Ein komisches Gefühl breitet sich in mir aus. Ich könnte nie mehr ruhig schlafen, wenn ich jetzt die Klappe halten würde. In meinem Gedanken brodelte es mittlerweile sehr heftig. *„Was starrt sie uns so an, diese komplett bescheuerte Tussi, diese Möchtegern-High-Society-Lady mit ihrer Kopie einer Louis-Vuitton Tasche, die sie sicherlich irgendwo auf einem Flohmarkt für paar Kröten gekauft hat. Na warte, du fiese, aufgetakelte, armselige blöde Kuh. Wenn du noch mal mit dem Finger auf ihn zeigst, dann werde ich ihn dir brechen – so wahr mir Gott helfe."* Meine Gedanken kann Gott sei Dank niemand hören. Ich bin selbst über sie überrascht. Er ist bestimmt ein toller Mensch, hat eine Gabe zur Musik und nichts und niemand hat das Recht, über einen anderen zu urteilen, bevor man ihn nicht genauer kennt. Ich fange an, mit den Zähnen zu knirschen. Meine Kiefergelenke zeichnen sich unter der Haut bestimmt schon ab.

„Ich geh mir mal die Hände waschen", sagt er und verschwindet in der Kundentoilette.

„Oh, Hygiene ist ihm anscheinend wichtig. Das ist schon mal gut."

Unterdessen beobachte ich diese pseudo-designte Möchtegern-Dame mit ihrer Kopie-Tasche und ihren aufgespritzten Lippen weiter. *„Noch ein Wort, eine blöde Geste und ich gehe hin."* Sie fängt mit ihre Begleitung jetzt noch an, über mich zu reden. Das ist mein Startschuss. Ich gehe schnurstracks entschlossen zu ihrem Tisch, lächle sie an und sage: „So, und jetzt ist hier mal Schluss. Was fällt Ihnen ein, so über andere Leute herzuziehen. Glauben Sie wirklich, dass man es nicht sieht oder dass wir blöd sind? Ich werde nicht zulassen, dass Sie hier meinen Freund beleidigen. Und falls Sie es doch tun, bitte, dann gehen wir raus. Außerdem ..."

„*Puuuh, tut das gut.*"

„Ich bevorzuge lieber jemanden der nichts hat – nada –, als jemanden, der sich hinter irgendwelchen Scheißkopien und einem Make-up versteckt, das nach Halloween aussieht.

Comprende?!", fauche ich mit zugebissenen Zähnen. Auf meinem Rücken spürte ich eine Hand. Wahrscheinlich werde ich noch rausgeworfen. Doch das nehme ich in Kauf. *„Jetzt glotzt sie mich noch blöd an, als ob sie sich keiner Schuld bewusst ist. Selbst schuld! Wer austeilt, muss auch einstecken können."* Als ich mich umdrehe, steht er plötzlich vor mir. Die Haare etwas gekämmt, ein neues Oberteil und der Duft nach Seife lassen mich erahnen, dass er sich für mich schick machen wollte. *„Einfach toll!"*

„Komm, setzen wir uns", sagt er und schiebt einen Stuhl vor, damit ich mich setze.

„Oh, ein Gentleman bist du auch noch?", erwidere ich und schmeiße einen letzten Blick zu „Miss Kopie". Die Tussi schaut aus, als ob sie einen Geist gesehen hätte.

„Mein Vater wollte immer, dass ich ein guter Junge werde", antwortet er und zwinkert mir zu. „Ich hole uns jetzt mal den Kaffee!"

„Schiiiet, das ist doch der absolut schlimmste Augenblick, den ich erleben darf. Ich werde von einem Obdachlosen zum Kaffee eingeladen. Das ist nicht richtig. Gleich morgen werde ich ihm das Geld zurückgeben. Gleich morgen früh!"

„Tadaa, hier ist dein Kaffee. Bitte schön!"

„Gott und so freundlich. Da könnte sich mein Freund, Jasper aber eine dicke Scheibe von abschneiden."

„Dankeschön", antworte ich und merke, wie mir das Blut in den Kopf schießt.

„Ich danke für die Einladung", sagt er grinsend und schlürft an seinem „blond-süßem" Kaffee. *„Obdachlos, jedoch eine Zahnleiste wie gemalt."*

„Ich verspreche, dass ich dir morgen sofort das Geld bringen werde. Hoch und heilig, Ehrenwort!"

„Ist schon okay, wir sind quitt!"

„Was meinst du mit ‚quitt'?"

„Du hast die Vanillestange besorgt und ich den Kaffee! Wir sind quitt!"

„Okay", erwidere ich. Ich will ihn nicht kränken, indem ich ihm sage, dass er selbst nichts hat und ich ihm was schulde und bla, bla, bla...

Wahrscheinlich ist es besser so, wie es ist.

„Ich bin übrigens Ray", sagt er und streckt mir seine Hand entgegen. Auf dem Ringfinger sitzt ein dicker, silberner Ring mit einem Schriftzug.

„Und wer bist du?", fragt er ganz leise.

„Ähm, ich bin Katharina", räuspere ich mich. „Doch meine Freunde nennen mich Kati, also nenn mich, wie du magst", antworte ich und ziehe vor Scham meine Hand aus der seinen.

„Schöner Name: ‚Kati'", meint er und zwinkert mir zu!

Ich will unbedingt wissen, was er da draußen macht. Wo er schläft. Wo er seine Tage verbringt, wenn er nicht gerade in der Stadt ist. Doch für so ein Gespräch ist es zu früh. Vielleicht beim nächsten Mal, wenn er überhaupt will. Ein lautes „DING" erklingt aus meinem Handy. Auf dem Display sehe ich eine Nachricht von Jasper.

„HALLO, KATI! MENSCH WO BIST DU? ICH WARTE ZU HAUSE AUF DICH! WANN KOMMST DU ENDLICH???"

„*Oh Mann. Das hab ich ja total vergessen.*" Ich habe Jasper gebeten, heute zum Essen zu kommen. Wie soll ich es Ray jetzt sagen?

„Komm schon, kurz und knapp, dann ist es erledigt."

„Ray, ich muss gehen, tut mir leid", sage ich und stehe auf. Er erhebt sich mit mir. „Ein obdachloser Gentleman, ich werde verrückt. Das glaube ich nicht, dass es so etwas gibt. Ich will unbedingt seine Geschichte hören."

„Und dein Kaffee?", fragt er enttäuscht.

Seine Enttäuschung glaube ich ihm auch. Für sein letztes Geld hat er mir einen Kaffee geholt und ich schaffe es noch nicht einmal diesen mit ihm auszutrinken.

„Ja, stimmt. Ich nehme ihn mit, wenn es dir nichts ausmacht. Es sei denn, du willst ihn trinken", gebe ich von mir und warte auf seine Reaktion.

„Er gehört dir. Nimm ihn mit und lass ihn dir schmecken."

„Danke, Ray!"

„Gerne doch!"

Ich gehe ein paar Schritte Richtung Ausgang, mache jedoch wieder kehrt.

„Werden wir uns wiedersehen Ray?", frage ich, meinen Blick direkt in seine Augen gerichtet.

„Wie bitte?", fragt er, doch seine Antwort lässt nicht lange auf sich warten. „Klar, gerne sogar. Du weißt, wo du mich findest!"

„Ja, das weiß ich! Bis bald dann, ich freue mich schon. Dann geht der Kaffee aber auf mich! Einverstanden?"

„Versprochen?", fragt er.

„Ja, versprochen", erwidere ich und merke sehr schnell, wie sich ein dicker, fetter Kloß in meinem Hals bildet.

Bevor ich den Schlüssel umdrehen kann, öffnet mir Jasper die Tür.

„Na, Madame, wo waren wir denn fast den halben Nachmittag? Ich warte hier schon eine geschlagene Stunde auf dich. Ich hab mir Sorgen gemacht!

„Muss er denn so übertreiben? Eine Stunde ist immerhin noch kein Nachmittag."

„Ich … ähm … ich war noch kurz in der Stadt, was besorgen. Hatte noch etwas vergessen!"

„Hast du jetzt alles?"

„Ja, klar … denke schon!"

„Willst du mich veräppeln? Du gehst ohne Geld in die Stadt einkaufen? Und wo sind die Einkäufe?", fängt er an, lauter zu werden, und genau das ist es, was ich so ziemlich hasse. Eines muss ich loswerden: So lieb und nett Jasper auch ist, umso schlimmer ist seine Eifersucht und der Versuch, Kontrolle über mich zu bekommen. Er wollte vor kurzem mit mir zusammenziehen, doch meine Freunde warnten mich davor. In diesem Augenblick bin ich froh, es nicht getan zu haben. Wir sind eh zu kurz zusammen, um in eine gemeinsame Wohnung zu ziehen. Was sind schon „acht Monate". Nicht wirklich lang, doch lange genug, um das zweite Gesicht eines Menschen kennenzulernen, der besitzergreifend wird.

„Lass gut sein, Jasper. Ich geh jetzt duschen und dann koche ich etwas für uns."

„Wer war dieser Penner, mit dem du Kaffee trinken warst?", brüllt er mir hinterher.

„Scheiße, woher weiß er, dass ich mit jemandem Kaffee trinken war?" Ich stelle mich dumm.

„Wie bitte, was hab ich? Woher? Wer hat dir denn so einen Schwachsinn erzählt?", entgegne ich stirnrunzelnd.

„Laura Paffenkorn. Sie hat dich vorhin in der Bäckerei gesehen. Mit einem Penner, wie sie sagte!"

Ich räuspere mich.

„Erstens, er ist kein Penner, sondern ein Obdachloser. Zweitens kenne ich niemanden der so heißt: Paffenkorn. Was ist das für ein Name bitte? Wer ist sie?"

„Du hast sie ziemlich blöd angemacht, nachdem du sie erkannt hast. Gib es doch zu!"

„Lass mich damit in Ruhe. Ich habe ihm nur einen Kaffee spendieren wollen, hatte jedoch meine ... Brief... Ah, was soll das? Ich werde mich vor dir nicht rechtfertigen, ich bin eine erwachsene Frau und muss mir dies hier nicht geben! Basta! Es ist besser, du gehst jetzt", sage ich entschlossen. Sein Gesicht kann ich in diesem Moment nicht mehr ertragen. Er hat bereits genug geredet.

„Meinst du das ernst, wegen einem Obdachlosen schmeißt du mich raus? Na gut, dann geh ich. Aber wir reden noch", sagt er, geht hinaus und knallt die Tür hinter sich zu.

„Nicht wegen einen Obdachlosen, sondern wegen deiner Art, ein Arsch zu sein, deshalb werfe ich dich raus", schreie ich ihm hinterher.

„Was für ein Idiot. Und die Kopie-Tussi hat wahrscheinlich nicht über Ray, sondern über mich hergezogen. Um mich gleichzeitig beim Jasper zu verpfeifen. Jetzt hasse ich diese abgekupferte Marionette noch mehr. Was nun? Völlig umsonst hierhergekommen. Ich hätte lieber dableiben und mit Ray quatschen sollen. Vielleicht sollte ich zurück in die Stadt. Es könnte sein, dass er noch dort ist. Eine blöde Idee, doch seine Augen – oha. Die haben es mir heute angetan." Ich steige in die Badewanne. Eine kleine Entspannung wird mir jetzt gut tun. Ich höre mir meine heißgeliebten Songs an, die mich auf den Boden der Tatsachen wieder zurückkehren lassen. Ich kann nicht mehr klar denken. Jasper hat doch gar kein Recht, Ray als Penner zu beschimpfen, und außerdem hat er heute zu viel gesagt. Viel zu viel. Mein Handy ist auf stumm geschaltet, es vibriert jedoch öfter, als mir lieb ist. *„Gib endlich Ruhe, Jasper"*, denke ich und hoffe auf Telepathie. Im Bett wird es nicht besser. Vor meinen Augen sehe ich die ganze Zeit die von Ray. Diese unschuldigen, großen, verführerischen Augen. Obwohl alles andere an ihm

– sein Outfit, sein Erscheinen – nicht gerade anziehend ist. Es sind verflixt noch mal seine Augen. Augen … Augen … Augen … Wo immer meine Augen hinschauen, sehe ich seine. Irgendwann, mitten in der Nacht, schlafe ich ein, erschöpft von den vielen Augen.

Als der Wecker klingelt und mich aus dem Schlaf reißt, bin ich müde, doch bereit. Bereit für meine Arbeit. Bereit, um in die Welt zu gehen und das Beste daraus zu machen, was auch immer kommen sollte. Wann hatte ich das letzte Mal so eine positive Einstellung? Daran kann ich mich nicht mehr erinnern. Auf Jaspers Nachrichten gebe ich keine Antwort. Schließlich ist *er* derjenige, der *mich* blöd angemacht hat und nicht ich ihn. Als ich die Wohnung verlasse, ist das Einzige, woran ich denke, ob ich meine Tasche umgehängt habe. Denn falls Ray heute da sein sollte, würde ich einen ausgeben müssen. Das tue ich auch sehr gerne.
Ich arbeite in einer Apotheke, habe also noch eine Mittagspause, die ich heute pünktlich beginne. Natürlich will ich schnell zum Bäcker und mich nebenbei nach Ray erkundigen. Schließlich bin ich gestern schneller weg, als er gucken konnte. Dazu noch umsonst. Der Regen ist schön warm, ich kann sogar den Weg genießen, obwohl ich mir nicht sicher bin, ob das, was ich da tue, überhaupt das Richtige ist. Ich husche an den

anderen Läden vorbei, nur um schneller anzukommen. An der Stelle, wo er gestern noch saß, ist er heute nicht. *„Verflixt! Wo ist er denn nur?"* Ich lasse es bleiben und gehe rein in die Bäckerei. Die Dame, die auch gestern schon da war, lächelt mich an und bedient ganz freundlich. Vielleicht sollte ich sie fragen, ob er heute schon mal da gewesen ist.

„Quatsch, Kati! Bist du verrückt? Was soll das?

„Schon alleine, dass du einem Mann hinter-herläufst, gehört sich nicht für eine Dame. Das Testosteron sollte sich die Mühe machen, ein Frauenherz zu erobern. Nur, würde das Hormon Ray so weit bringen, dass er mir hinterherläuft? Keine Ahnung." Meine innere Stimme hat Recht. Ich habe Jasper zu Hause. Er ist mein Freund, und ich habe kein Recht, einem anderen nachzu-schauen. Doch so, wie er mich behandelt, sollte er sich nicht wundern, dass ich langsam an ihm desinteressiert bin. Tue ich es oder kommt es mir nur so vor? Auf jeden Fall ist Ray nicht da und so mache ich mich auf den Weg zurück zur Arbeit. *„Hmmm, warum er wohl nicht da gewesen ist? Hat er etwa noch einen anderen Platz oder war er schon eher hier? Scheiße, ich wollte ihm den Kaffee spendieren und nun? Vielleicht ist er ja die Tage mal hier, dann könnte ich noch mal herum kommen."* Als ich zu meiner Arbeitsstelle komme, muss ich sehr zusammennehmen. Es ist genau das Gleiche

wie am Tag davor mit mir. Ich kann an nichts anderes mehr denken als an Ray. Immer und immer wieder - nur dieser eine Gedanke. Ist es Mitleid oder Bewunderung oder einfach nur schön? Einfach nur schön, dass es jemanden gibt, der mit so wenig auskommen muss und trotzdem noch ein Herz hat, um einen Kaffee auszugeben? Ich muss mich sehr zusammenreißen, denn ich kann mir keine Pannen bei der Arbeit erlauben. Als es kurz vor Feierabend ist, bin ich wieder happy, denn ich will noch mal nach Ray sehen und habe die große Hoffnung, dass er da ist. Doch mein Plan geht nach hinten los. Jasper steht mit einem Grinsen im Gesicht vor der Tür und wartet nur darauf, dass ich rauskomme.

„Verdammt, was will der denn hier? Ich hab keinen Bock auf Diskussionen, geschweige denn, dass er mich mit irgendetwas voll labert!"

Ich habe keine andere Wahl, ich muss da durch. *„Und diese scheiß Blumen kann er sich sonst wohin stecken."*

„Hi! Na, wie geht's dir?", fragt er und gibt mir einen Kuss auf die Wange, weil ich mich weggedreht habe.

„Wie soll's mir gehen? Bestens. Und wie geht es dir?", frage ich.
Es ist mir jedoch egal.

„Nicht gut!", antworte er.
Ich habe auch nichts anderes erwartet.

„Ich möchte dich um Entschuldigung bitten. Verzeih mir, Babe", kommt es aus ihm heraus, und ab da kann ich wirklich nicht mehr sauer sein.

„Hör auf, wie ein kleiner Junge zu gucken. Das macht mich weich wie Butter", erwidere ich und verdrehe lächelnd die Augen.

„Lass uns gehen!", sagt er und nimmt meine Hand in seine. Wir gehen in die andere Richtung nach Hause. Und so weiß ich, dass ich Ray heute keinen Kaffee mehr spendieren werde. Die nächsten fünfzig Meter sind eine Qual. Jasper ist unausstehlich, er küsst mich immer wieder, obwohl er weiß, dass ich es überhaupt nicht mag, mitten auf der Straße abgeknutscht zu werden. Schließlich sind wir keine Teenager mehr. Es ist ein ziemlich schlechtes Timing. An dem kleinen Blumenladen angekommen, erstarre ich und merke, dass mir das gesamte Blut meines Körpers direkt in die Füße schießt. Ich sehe Ray dort in der Ecke sitzen. So wie es ausschaut, macht er gerade seinen Schlaf-platz fertig. „Oh Mann, was ist denn mit ihm passiert? Er hat seine Haare kurz. Und es sieht danach aus, als ob er es selbst geschnitten hat." Jasper bemerkt meine innere Unruhe und hakt nach.

„Was ist los, Kati, wieso bist du plötzlich so...? Aha, ist er das etwa da vorne, dieser Penner von gestern?", plappert er vor sich hin.

„Unterstehe dich, Jasper, sonst passiert hier gleich ein Unglück", fauche ich und schenke ihm einen Blick, der ihn direkt in die Hölle verfrachtet.

„Oh Mann, der Arme hat bestimmt keinen Platz zum Schlafen. Und was macht der Blödmann neben mir, tut auf cool, obwohl cool etwas anderes ist als das, was er hier von sich gibt. Wie kann ich Ray nur helfen, was kann ich tun? Oh Gott, er hat mich bemerkt und winkt mir zu!" Ohne Jasper anzusehen, winke ich mit einem Lächeln zurück.

„Was tust du denn da? Das ist doch unglaublich", gibt Jasper erneut Mist von sich.

„Sei still, siehst du nicht, dass er arm ist, dass er wahrscheinlich Hunger hat und vielleicht einfach nur einen Freund braucht?", schreie ich vor mich hin und balle meine Hände zu Fäusten.

„Wenn Jasper nicht gleich von seinem scheiß Egotrip runterkommt, hau ich ihm eine rein, dass er Nasenbluten bekommt. Das kann doch nicht angehen, das ist zu viel. Soll er doch dahingehen wo der Pfeffer wächst. So sah Frieden in unserer Beziehung aus. Fünf Minuten - allerhöchstens, wenn ihm etwas nicht passte.

Jasper zerrt an mir herum und ich, ich weigere mich, auch nur noch einen Schritt weiterzugehen. *„Was glaubt er, wer er ist? Wenn er so weiter macht, dann kann er alleine nach Hause verschwinden: Das ist eh schon vorprogrammiert."*

„Lass mich los, Jasper! Hörst du?!", sage ich schroff zu ihm, doch er kapiert es nicht. „Was glaubst du, wer du bist? Vor zehn Minuten kommst du mich ‚flehend‘ mit einem Blumenstrauß abholen und nun machst du hier eine peinliche Szene. Hör auf damit und benimm dich wie ein Normalo!“

„Kati“, sagt er bestimmend, „du hörst jetzt auf und kommst von deinem Trip runter. Wir gehen nach Hause, verstanden?! Was geht bei dir überhaupt ab? Wie lange geht das schon mit euch zweien?“

Ich sehe ihn an, kann mir nicht vorstellen, dass er es so meint.

„Weißt du was, Jasper? Leck mich!“, sage ich und wende mich von ihm ab.

„Das brauchst du dir nicht geben, Kati. Nicht so und nicht wegen einen armen Menschen, der dir einfach nur leidtut. Selbst dann nicht, wenn du ihn vielleicht gerne hast“, meint meine innere Stimme. Ich schaue Jasper hinterher. *„Sieh ihn dir an. Kaum sagt man ihm die Meinung, zieht er sich zurück und verschwindet. Wie typisch für ihn.“* Ich drehe mich ebenfalls um und gehe Richtung Ray, der mich schon mit seinem Lächeln erwartet. Dieses Gefühl der Vorfreude hat er mir zumindest vermittelt und es fühlt sich zu gut an.

„Hey“, sage ich, „deine Haare sind ja kurz.“

„Hey, ja, ich habe vorhin versucht … Ah, vergiss es. Habt ihr euch wegen mir gezofft? Das sollt ihr nicht. Lauf ihm nach, sonst ist er ganz weg.“

„Soll er doch, ich hab schon länger Zoff mit ihm, fast während der ganzen Beziehung. Er macht mit seiner Eifersucht alles kaputt, ich verstehe gar nicht, wieso."

„Na gut, dann setz dich neben mich und erzähl mir was Schönes!"

„Was willst du hören? Ich denke, dein Leben ist spannender als meins, also fang du mal an."

Ich sehe ihm an, dass es ihm peinlich und unwohl ist, doch er schüttet mir sein Herz aus. Er erzählt, warum er hier ist; mitten in der Stadt, arm, ohne Dach über dem Kopf. Ich erschauere, als ich die Wahrheit erfahre.

Ray erzählt:

„Ich wurde 1988 geboren. Meine Eltern waren damals schon ziemlich wohlhabend, besaßen mehrere Immobilien, Boote und sogar einen Privat-Jet. Als ich neunzehn war, verstarb mein Vater an Krebs und meine Mutter – ja, die fand schnell Anschluss und holte sich einen neuen Mann ins Haus, heiratete ihn kurz darauf und tat auf glücklich. Ich zerbrach daran und sie wusste es – aber unternahm nichts dagegen. Mein Stiefvater hob des Öfteren die Hand gegen mich und auch gegen meine Mutter, eigentlich war er ein Monster. Ich sagte ihr so oft, dass sie es nicht tun solle, dass sie die Heirat unterlassen solle, doch keine Chance, sie war von ihm geblendet! Es dauerte fast ein ganzes Jahr, bis Vaters Letzter

Wille verlesen wurde. Wegen irgendwelcher fehlenden Dokumente geschah dies so spät. In dem Testament stand, dass ich der alleinige Erbe bin. Angeblich wusste mein Vater von den Affären seiner Frau und hatte das Legat deswegen kurzfristig vor seinem Tod umgeschrieben. Als mein Stiefvater davon Wind bekam, wollte er sofort das Geld von mir. Er wollte mich zwingen, das Erbe unverzüglich anzunehmen. Andernfalls würde er mich auf die Straße setzen. Ich hätte das ganze Erbe erst mit dreiundzwanzig Jahren ausgezahlt bekommen. Und zu dem früheren Zeitpunkt, tja, da erhielt ich nur eine Summe von fünfzigtausend Euro. Da ich mit meinem Stiefvater eh nicht klar kam, bin ich mit achtzehn und dem Geld abgehauen. Das restliche Vermögen hat dieser Affe trotzdem nie gesehen. Ich habe das Erbe nie amtlich angenommen, es liegt nun in einer Stiftung, die mein Vater gegründet hat. Dort ist es sicher, es kommt niemand ran. Nur ich hätte die Möglichkeit, aber dafür müsste ich das Erbe offiziell antreten und einen langen Rechtsstreit mit meiner Familie führen. Wie auch immer, es erschien mir damals als die beste Lösung. Aber klar, ich war von da an auf mich allein gestellt. Mein Studium, meine Pläne ... alles war plötzlich verschwunden. Ich war überall. Köln, Berlin, Frankfurt, Hamburg und verprasste das Geld meines Vaters. Ich kann es selbst nicht glauben, doch ich bin nun fast acht Jahre auf der Straße. Es ist mal so mal so. Doch noch nicht einmal jetzt könnte ich sagen, welches Leben besser oder gar schlechter ist."

Er erzählte und erzählte, und mir kam es vor, als ob es eine Geschichte aus einem Drama war. Meine Kinnlade blieb kurz vorm Boden hängen. *„Was hat er gerade gesagt? Das glaube ich nicht."* Ich sah, wie sich seine Kiefergelenke durch die Haut hervorhoben. Anscheinend ging das alles doch nicht so locker von ihm ab, wie er selbst dachte.

„Ray", sage ich und nehme seine Hand.

„Ray, hör mir zu und beruhige dich, hörst du! Dein Vater wusste genau, was er da tat. Er wollte bestimmt nicht, dass es dir so ergeht. Du kannst es ändern, nur du alleine. Ich habe eine Freundin, sie heißt Jana und ist Psychologin und so eine Art Streetworkerin. Bestimmt würde sie dir helfen, irgendwie da rauszukommen. Was meinst du?", frage ich und hoffe darauf, dass er mir nicht böse ist und mein Angebot annimmt. Er sagt nichts mehr nach meinem Vorschlag und so sitzen wir eine Zeit lang einfach nur so da. Die Atmosphäre in dem kleinen Raum ist so dicht, als ob es nur diesen und uns gibt.

Irgendwann vergräbt sich Ray mit seiner Vergangenheit in seinem Schlafsack und schläft ohne ein weiteres Wort zu sagen ein. Eine Träne kullerte seine Wange entlang bis zum Hals. „*Wie friedlich er doch aussieht. Ich hoffe, dass ich ihm irgendwie helfen kann, sein Leben zu ändern um ihn da rauszuholen.*" Meine Zeit ist um, ich kann ja nicht bei ihm bleiben, also lege ich ihm meine und Janas Visitenkarte sowie eine Handvoll Kleingeld in den Schlafsack, in der Hoffnung, dass er sich schnell meldet.

Am nächsten Tag nichts, kein Anruf, kein Lebenszeichen von ihm. Die Tage danach genau das Gleiche. Er ist nirgends zu finden, nicht mehr in der Stadt, wie vom Erdboden verschluckt. Ein Monat vergeht! Zwei Monate! Und schließlich sind es dicke, lange sechs Monate, aus denen Jahre werden, in denen Ray weg ist. Für mich steht fest, dass er sich entweder ganz aufgegeben hat oder dass er tot ist. Habe ich ihn mit meinem Ansinnen verscheucht? Anscheinend bin ich schuld daran, dass er nicht mehr hier ist. War ich es wirklich? Das weiß ich nicht. Es gibt jedoch keine andere Theorie für mich. Nach ihm suchen kann ich auch nicht, denn ich weiß nichts wirklich Stichhaltiges von ihm, noch nicht mal, ob „Ray" sein wirklicher Name ist. Mir fällt in diesem Moment nichts ein. Kurz darauf trenne ich mich von Jasper. Ich denke, ich werde als Single, ohne ihn, besser zurechtkommen. Ich hätte es schon längst tun sollen. So denke ich, doch ich habe andererseits das Verlangen, Ray wiederzusehen. Es ist wie eine Sucht. Zu gern hänge ich ihm in Gedanken nach. Immer und immer wieder, denke ich an Ray und kann damit nicht aufhören. Ich habe das dumpfe Gefühl, dass ich mich vielleicht sogar vom ersten Augenblick an in ihm verguckt hatte; verliebt in seine tollen Augen. Doch am Ende bin ich Single, komme eigentlich gut zurecht.

Der Frühling bricht an und die Tage zeigen innerhalb von vierundzwanzig Stunden alle vier Jahreszeiten. Mal Regen, mal Sonne, mal Kälte, mal alles auf einmal. Wie gewohnt nehme ich den Weg nach Hause, den ich, seit Ray weg ist, immer gehe – jeden Tag, jeden Monat und die ganze Zeit lang während seiner Abwesenheit. Nur um sicherzugehen, dass er tatsächlich nicht doch irgendwo hier sitzt.

… Ein verregneter, doch warmer Tag. Ich sitze am Marktplatz und beäuge die Pfützen, in denen sich große Blasen bilden. Obwohl ich einen Regenschirm habe, schiebe ich diesen oft zur Seite, schließe die Augen und genieße den Regen auf meinem Gesicht. Dies tue ich seitdem er weg ist. Jedes Mal, wenn es regnet. Jedes Mal, wenn ich an Ray denke. Der Regen hört etwas auf, als sich jemand neben mir auf die nasse Bank hinsetzt. Durch den Regenschirm sehe ich nicht, wer es ist, erkenne an dem Herrensakko jedoch, dass es ein Mann sein muss.

„Na der wird gleich super aussehen", denke ich mir. Als ich gerade gehen will, höre ich eine männliche Stimme neben mir. Ich kann es zuerst nicht einordnen, doch dann kommt sie mir sehr bekannt und vertraut vor. Ich nehme den Regenschirm etwas zur Seite und versuche die Person unauffällig zu betrachten.

„Wer sind Sie? " frage ich neugierig.

Ein Kichern entflieht seinem Mund.

„So vergesslich?", fragt diese irgendwie verführerische Stimme. Sie verwirrt mich sehr.

„Ich gehe jetzt lieber", erwidere ich und will gerade aufstehen, als mich diese fremde Person an den Ärmel meiner Jacke packt.

„Nicht so schnell, meine Liebe ... Wir haben noch eine Rechnung offen", höre ich. Die Person holt etwas aus seinem Sakko, soweit ich es aus meinem Seitenblickwinkel beurteilen kann, und lässt gleichzeitig meine Jacke los. Ich gehe ein paar Schritte zurück. Zuerst denke ich, dass es mein Exfreund Jasper ist und es hier gleich eine Ansage geben wird, doch weit gefehlt. Ich kann es nicht glauben, dass dies hier wirklich passiert. Die Melodie einer „Mundharmonika" erklingt unter den Schirm des Fremden.

„Mundharmonika" und „You Are The Reason" von Calum Scott. Ich erstarre und gehe in die Knie, als die Melodie verstummt, der Schirm sich zur Seite lehnt und ich sein Gesicht erkennen kann. Fünfmal muss ich hinsehen, um zu begreifen, wer dieser Mensch hier ist. Ich erkenne ihn. Sekunde später klappe ich wie ein Zollstock zusammen. Und als ich zu mir komme, drohe ich erneut zusammenzuklappen – und das im Liegen, denn ich erblickte Rays Augen über mir. Diese Augen werde ich nie vergessen. Niemals.

„Du bist wirklich hier, Ray? Und ich dachte schon, dass ich dich nie wiedersehen würde", sage ich schniefend.

Ich bin total aufgelöst. Glück und Freude umhüllen meinen Körper und ich schwebe auf Wolke sieben. Ray hebt mich hoch und drückt mich fest an sich.

Wir stehen mehrere Minuten still da.

Verschlungen in unseren Armen, und genießen diesen einzigartigen Augenblick. Was hat dieser Mensch in den paar Augenblicken, die wir zusammen verbrachten, mit mir angestellt? Ist es wirklich möglich, dass man sich so in jemanden verlieben kann? Es muss Liebe sein ... Nein, es ist Liebe. Wahrscheinlich ist es sogar eine Seelenverwandtschaft, gar ein Wunder. Das Tolle daran ist: Ich glaube an Wunder – und dies hier ist definitiv eines.

„Ich wollte dich vergessen, Kati, konnte es jedoch nicht. Seit ich dich das erste Mal sah, schwirrst du wie ein Gespenst in meinen Kopf herum." Er räuspert sich und schüttelt den Kopf. „Ich wollte dich wirklich, und zwar mehr als alles andere auf diesem Planeten, doch ich konnte nicht, schließlich warst du zur dem Zeitpunkt gebunden, und ich bin eigentlich der Letzte, der eine Beziehung zerstört. Auch dann nicht, als mir klar wurde, dass du nicht wirklich glücklich mit ihm warst. Es tut mir leid, dass ich für dich nicht da war. Es tut mir ebenfalls leid, dass ich jetzt einfach so in dein Leben platze, wo vielleicht kein Platz mehr für mich ist." Der Regen wird immer stärker und ich erinnere mich an den Moment zurück, wie er damals von seinem schönen Gesicht abperlte. Dieser Moment ist wie pure Magie und ich könnte mir nichts Schöneres vorstellen, als hier in seinen Armen für immer und ewig zu verweilen.

„Ich denke allerdings nicht, dass hier der richtige Platz zum Quatschen ist."

Ray wischt mit seinem Daumen ein paar Regen-Tropfen aus meinem Gesicht. „Bitte nicht", sage ich und blicke in seine wunderschönen Augen. „Ob du es glaubst oder nicht, du hattest damals völlig recht." Ich schmunzle. „Mittlerweile liebe ich den Regen auf meinem Gesicht. Jeden einzelnen Tropfen davon. Ich könnte hier Stundenlang so stehen und ihn genießen, doch wir haben uns viel zu erzählen, also, lass uns zu mir gehen", sage ich und nehme seine Hand in meine. Er sieht mich lächelnd, doch gleichzeitig fragend an. Er glaubt wahrscheinlich, dass ich immer noch mit Jasper zusammen bin, obwohl er vorhin nicht so klang. Na, da wird er gleich Augen machen, wenn ich ihm erzähle, dass ich nicht mehr gebunden bin. Ich bin frei wie ein Vogel und überglücklich ihn zu sehen. Frei für ihn. Dieses Glücksgefühl kann man gar nicht in Worte fassen. Man könnte schon fast meinen, es breitet sich eine Art – *Euphorie* in mir aus. Kurz vor der Haustür sagt er nur: „Bist du dir ganz sicher?", und streift mit seinem Daumen über meine Wange. „Mehr als das", erwidere ich und ziehe ihn hinter mir her in die Wohnung hinein.

Im Wohnzimmer angekommen, schaue ich ihn mir noch mal richtig an. Er sieht super aus. Seine Haare sind kurz geschnitten, sein Teint hat eine gesunde Farbe und diese Klamotten ... Einfach zu perfekt. Er hat alles richtig gemacht. So bin ich der Meinung, dass er auf mich gehört und sein Erbe angenommen hat. Das stand ihm ja auch zu.

„Ray du siehst toll aus. Was hast du die letzten Jahre so getrieben?", will ich wissen. Dem tiefen Seufzer nach zu urteilen, scheint es ihm nicht ganz leichtzufallen darüber zu reden. „Wenn du nicht reden willst, dann lassen wir es. Vielleicht ein anderes Mal."

„Nein, schon okay. Es gibt eigentlich nicht viel zu sagen – außer, dass ich vor ein paar Jahren einem Engel begegnet bin. Einem, der mich neu hat aufleben lassen und das nach der zweiten ‚Begegnung‘."

Ich spüre, wie mir das Blut in den Kopf schießt. So etwas hatte ich nicht erwartet. Nicht heute – nicht hier – nicht von ihm.

„Ich muss sagen, dass es mich auch die letzten Jahre verfolgt hat. Ich war fast jeden Tag an der Stelle, an der ich dich das erste Mal gesehen habe. Und das war noch vor der Vanillestange."

„Halt bloß die Klappe und erwähne nicht, dass er dir damals ‚leidtat‘ oder so. Versaue es dir nicht, Kati", meint meine innere Göttin mit einem breiten Grinsen.

„Hast du Hunger?", frage ich und gehe in Richtung Küche.

„Kochst du etwa was für mich, ist es dein Ernst? Einverstanden, dann erzähle ich dir, was ich in der Zeit meiner Abwesenheit so trieb."

„Okay", antworte ich und drücke ihm die Weinflasche in die Hand. Ray zieht den Korken gekonnt und elegant aus den Flaschenhals, so, als ob er nie etwas anderes gemacht hätte. Mit einem ausgestreckten Arm über meinen Kopf holt er zwei Weingläser aus dem Regal und stellt beides auf die Arbeitsplatte. Ihn so nahe zu spüren, bringt mein Blut zum Kochen. *„Dieser Duft. Das ist doch die Gelegenheit, ihn zu küssen"*, denke ich mir und schüttele gleichzeitig den Kopf. Ich bin wieder zurück in der Realität und sage: „Ray, ich glaube, von alleine kommt der Wein nicht in die Gläser. Meinst du nicht auch?"

„Sauerstoff", antwortet er.

„Wie bitte?"

„Der Wein muss atmen. Weißt du es nicht?", fragt er mit erhobener Augenbraue und mustert mich, belustigt über meine fragende Miene.

„Klar, das habe ich schon mal gehört. Doch bei mir kommt er nie wirklich dazu", antworte ich amüsiert.

„Du bist süß", sagt er und treibt mir mit dem Satz die Röte ins Gesicht.

„Lass es, Ray, du kannst es gar nicht so meinen; denn du kennst mich ja gar nicht! Ich kann ziemlich unausstehlich sein, wenn man mich dazu bringt!"

„Ist mir egal, du bist trotzdem süß, und ich habe das Verlangen, dich viel, sehr viel näher kennenzulernen! Wenn du erlaubst!?"

„Oh Gott, wie nah willst du mich? Tue was du willst, lerne mich kennen. Ich tue alles für dich." Im gleichen Augenblick denke ich nur: gut, das Denken lautlos ist.

Mein Blut schießt torpedoartig durch meinen Körper. Ich weiß nicht, was ich erwidern soll. Nicht auszudenken, wenn meine Antwort blöd ankommt. Doch da ich nach ihm genauso viel Verlangen habe wie er nach mir, muss ich jetzt die richtigen Worte finden. Er ist der erste Mensch, der mich dazu bringt, dass ich nichts sagen kann. *„Kati, nicht so viel überlegen. Sieh nur, wie er dich ansieht, diese Chance kommt nie wieder, Liebes. Handle endlich oder lass es ganz sein. Sieh ihn dir an. Noch vor ein paar Jahren tat er dir leid, als er da so abgerissen im Regen saß. Und heute? Heute sitzt er in deiner Küche, sieht fesch aus und redet davon, wie süß du bist.*

„Hat er jetzt genug an Sauerstoff", frage ich und zeige mit meinen Augen auf die Weinflasche.

„Mal sehen", erwidert Ray und schüttet den Wein in die Gläser ein. „Prost, auf uns", sagt er und reicht mir eines der geschliffenen, edlen Trinkgefäße.

„Mhhhh, der ist ja lecker", sage ich und nehme einen großen Schluck. Ray greift sich ein Messer und eine Zwiebel.

„Na, ob das gut geht? Diese Zwiebel ist genauso scharf wie ich. Ich hoffe, sie treibt dir keine Tränen in die Augen", denke ich und schüttele gleichzeitig den Kopf, um erneut aus meiner Fantasiewelt schnell in die Realität zurück-zukehren.

„Ich bin sch... Ich meine, diese Zwiebeln sind scharf, ziemlich scharf. Wir können sie auch im Zerkleinerer schneiden, überlege es dir lieber!"

„Es ist okay, ich nehme diese Herausforderung an. Also dann, Zwiebel", sagt er mit Blick auf die runde, scharfe Knolle.

„*Na, ob das gut geht, Don Juan?*" Vorsichtig entfernt er die Schalle der Zwiebel und fängt zu reden an: „Zwei Optionen standen mir im Leben offen. Die eine war: weiterhin obdachlos zu sein und sich durchs Leben schnorren, sich jeden Tag eine neue Bleibe zu suchen, hungrig und verloren durch die Welt zu taumeln. Einfach frei sein.

Die andere: eben doch das Erbe meines Vaters anzunehmen und ein sorgenfreies Leben zu führen. Dabei indes nicht vergessen, die Armen zu unterstützen. Teilen, etwas weitergeben. Ich hatte lange überlegt, ob ich es wirklich tun soll. Und da du mir die Augen geöffnet hattest, entschloss ich mich, es durchzuziehen. Ich fuhr zur meinem Rechtsanwalt nach Köln. Ein guter alter Freund meines Vaters. Er und ein Notar waren dafür zuständig, alles in die Wege zu leiten, mir möglichst schnell mein Erbe zu verschaffen. Sie besorgten mir eine Wohnung, Kleidung und die nötigen Sachen für einen Start.
Die erforderlichen Dokumente lagen bereits bei der Bank im Schließfach, deshalb kam ich schneller dran, als ich dachte. Doch ich musste fast vier Wochen auf den Termin für die offizielle Testamentseröffnung warten – oder besser gesagt: auf die Annahme. Und das war schon ein Erlebnis, sag ich dir. Als der Notar erneut aus dem Testament las, wurde mir plötzlich klar, was ich alles verpasst hatte und was da auf mich zukommen würde. Mit dem Geld und den ganzen

Immobilien hatte ich alle Optionen offen. Wirklich alle. Richtig schwindelig wurde mir, als er mir die Summe nannte, diese ungeheuer große Summe. Danach konnte ich wochenlang nicht schlafen." Ray nimmt einen großen Schluck Wein, während eine kleine Träne über sein schönes Gesicht kullert. *„Weint er jetzt wegen der schlimmen Ereignisse oder ist es die Zwiebel? Hm, soll ich ihn fragen? Ach nö, lieber nicht. Wer weiß, vielleicht ist er dann peinlich berührt."* Ich gehe auf ihn zu, umfasse sein Gesicht mit meinen Händen und wische mit meinen Daumen seine Tränen weg. Ich kann es mir nicht verkneifen zu sagen: „Blöde Zwiebeln! Ich hab dir doch gesagt, dass wir sie besser in den Zerkleinerer hätten stecken sollen!"

„Quatsch, diese Zwiebel hat damit nichts zu tun. Ich bin einfach nur überglücklich, mit dir reden zu können. Jana war es schließlich, die mich überzeugte. Sie riet mir ebenfalls dazu, es zu versuchen und unterstützte mich, wo sie nur konnte."

„Meint er Jana, meine Jana? Aber wieso hat sie mir nichts gesagt und mich nicht auf dem Laufenden gehalten?", frage ich mich und sehe in seinem Blick, dass er mir direkt die Antwort auf den Tisch legen würde.

„Hast du schon mal was von Schweigepflicht gehört?", fragt Ray und blickte erneut und noch tiefer in meine Augen. „Darum durfte sie nichts erzählen.“

„*Klar, das hab ich ja total vergessen*“, geht es mir durch den Kopf.

„Natürlich weiß ich, was das ist! Aber dennoch: Ich bin so oft bei ihr und schütte ihr mein Herz aus. Sie wusste wie viel es mir bedeutete, dass es dir gut ging. Sie hätte mir doch nur sagen können, dass es dir gut geht und dass ich mir keine ... Ah, vergiss es!“

„Hätte sie dir irgendetwas gesagt, würdest du weiter nachfragen und ich hätte dich heute nicht überraschen können. Sie teilte mir mit, wo ich dich finden kann, doch nur deshalb, weil ich erneut betteln musste.“ Ray senkt seinen Kopf.

„Das unterlag nicht der Schweigepflicht.“

„Ach, lass gut sein. Nun bist du hier neben mir, und ich bin froh, dass es so ist, wie es ist und dass es dir gut geht!“

„Wirklich?“, fragt er.

„Ja, wirklich! Möchtest du fortfahren!?“

„Also, wir sitzen in einem Saal, wo der Notar das Testament erneut eröffnet. Meine Mutter ist auch dabei. Als Witwe muss sie zugegen sein. Beim Hineingehen treffe ich auf sie und einen jungen Mann in meinem Alter. Vielleicht ihr Neuer, keine Ahnung. Ich fühle nichts für sie, sie ist für mich gestorben. Die Kinnlade auf dem Boden der Tatsachen, lässt sie nicht lange auf sich warten, als der Notar anfängt, das Testament vorzulesen: ‚Kraft meines Amtes und im Namen der Stadt Köln, eröffne ich jetzt das Testament des verstorbenen Raymond Backer Senior. Ich habe die Vollmacht erhalten, dieses Legat so lange zu verwahren und das Vermögen des Erblassers im Dienst der Stiftung des Verblichenen zu verwalten, bis sich Raymond Backer Junior dazu entschließt, dieses Erbe anzunehmen. Ich gratuliere. Endlich haben Sie es angenommen, Ray‘, sagt der Notar und blickt zur mir rüber.

‚*Das geht ja ziemlich schnell*‘, denke ich. Aber ich hatte ja auch lange genug damit gewartet.

‚Und was ist mit mir?‘, fragt meine Mutter und steht auf. ‚Ich habe doch auch ein Anrecht darauf! Oder etwa nicht?‘

‚Dazu kommen wir gleich, bitte setzen Sie sich!‘ ermahnt sie der Notar und fährt fort:

‚Ich habe eine Video-Botschaft an sie beide, die alles klären wird. Somit werden jegliche etwaigen Beanstandungen Ihrerseits beigelegt, denke ich.‘
Auf dem Bildschirm erscheint mein Vater. Es ist ein komisches Gefühl, ihn wieder lebendig zu sehen. Ich bin sehr darauf gespannt, was er uns mitteilen wird. Er hatte immer viel Humor gehabt, das muss ich dazu sagen.
‚Ray, mein Sohn, bevor ich mich hier gleich mit deiner Mutter - falls sie überhaupt noch unter euch weilt – in die Wolle kriege, möchte ich dir

sagen, dass ich dich immer noch von ganzem Herzen liebe. Ich weiß, dass du das Erbe nicht angenommen hast, ich kenne dich zu gut. Doch da du jetzt hier auf diesen Kasten schaust, denke ich, ich habe dich von hier oben überzeugen können, dass du es doch schaffst. So, meine liebe untreue Camilla. Ich vermache dir ...'

Mein Vater macht eine kleine Spannungspause und meine Mutter reibt sich schon mal die Hände. Es ist erbärmlich, dies zu sehen. Mein Vater setzt wieder an: ,Kannst du dich noch daran erinnern, dass du einen Ehevertrag wolltest? Den hast du bekommen. Hast du ihn aber auch gelesen? Bestimmt nicht, doch du hast ihn unterschrieben. Wie dumm von dir. Darin hast du alle Forderungen an mich im Fall des Todes oder der Scheidung abgetreten. Guck nicht so unglücklich, selbst schuld. Vertrauen ist gut, Kontrolle ist besser. Ich weiß, dass du mich betrogen hast. Und das nicht nur einmal, sondern schon immer. So, nun sage ich dir, dass du nicht ganz leer ausgehst. Du kannst meinen Schreibtisch haben, auf den hast du ja schon immer gerne mit deinen Liebhabern Gas gegeben geben.“

Ich sehe, dass bei meiner Mutter die Kinnlade tiefer als der Boden liegt.

,Kurz und schmerzlos, meine Liebe: Du warst und bist eine schlechte Mutter, eine noch schlimmere Ehefrau und eine erbärmliche Köchin. Für dich gibt es heute leider keine ,Rose‘, es ist nur gerecht!' Wieder legt mein Herr Papa eine kurze Pause ein. Sein breites Grinsen geht in ein mildes Lächeln über. „Mein Sohn, du bist der Einzige gewesen, für den ich das alles so lange ausgehalten habe. Du bekommst alles, was ich besitze. Stell nichts Blödes damit an. Lebe gut, kümmere dich weiter um die Geschäfte und suche dir eine bessere Frau, als ich sie hatte. Zumindest eine, die gut kochen kann. Aber am besten eine, die dich noch dazu so liebt, wie du bist. Glaube mir, die Richtige ist irgendwo da draußen. Und nun gebe ich das Wort an meinen treuen Freund und Notar weiter, er wird dir alles erklären. Mach es gut, mein Junge. Fahr nicht zu schnell mit den Autos und pass auf dich auf! Ich liebe dich, Ray.'

Der Bildschirm des Fernsehers wird schwarz und so fährt der Notar fort:

,Sehr geehrte Anwesende. Somit wurde alles nötige gesagt. Ich wusste davon bereits länger. Das komplette Erbe geht an Raymond Backer Junior. Sämtliche Immobilien, Autos, Wertpapiere und Aktien, die Privat-Jets und alles was dazu gehörte. Die gesamte Summe soll auf Wunsch des Verstorbenen nicht öffentlich erwähnt werden. Sie, Frau Backer ...'

Der Notar wendet sich an meine Mutter, doch sie steht wutentbrannt auf und verlässt mit einem heftigen Tür-Knall den Raum. Kein Wort. Kein ,Auf Wiedersehen', geschweige ,Tschüss'. So ist sie nun mal. Mir wird ziemlich heiß. Und zwar so heiß, dass ich sogar mein Hemd aufknöpfe. Als mir der Notar die Summe, die ich geerbt habe nennt, kann ich für zehn geschlagene Minuten keinen Ton rausbringen. Ich habe das Leben von jeder Seite erfahren, doch nun geht es richtig los, denke ich mir, als ich unterschreibe und damit das Erbe antrete.

Du, Kati, warst immer in meinem Gedanken verankert. Ich konnte die Zeit, die ich nicht hier war, immer nur an dich und deine Geste mit der Vanillestange denken. Niemals zuvor kam mir jemand näher als du."

„Ah, Quatsch, das sagst du nur, um mich rumzukriegen", sage ich schmunzelnd und stecke mir einen Streifen Paprika in den Mund. Er kommt direkt auf mich zu und schnappt nach dem Ende des Gemüses, was ihm auch gelingt. Vorsichtig beißt er ein Stück ab und fragt amüsiert: „Hab ich das nicht schon? Was muss ich denn tun, um dein Herz zu erobern?"

„Eigentlich nicht viel, mein Lieber. Du hast mein Herz bereits vor Jahren mit dir mitgenommen. Jetzt aber nicht locker lassen, ich bin doch keine leichte Beute. Ich lasse dich etwas zappeln, und dann werden wir sehen, wer schneller aufgibt.

„Was meinst du mit rumkriegen?", stelle ich mich dumm. Ich bemerke, wie mir die Röte ins Gesicht schießt und ich weiche Knie bekomme. Das ist aber nur deshalb so, weil er mich in seine

Arme nimmt und zu küssen versucht. Doch ich will ihn nicht glauben lassen, dass er ein leichtes Spiel mit mir hat, und so trete ich ein klitzekleines Stück zurück. Wirklich nur minimal.

„Sollen wir nicht weiterkochen?", frage ich und tue augenzwinkernd verschämt und schüchtern. *„Jeder im Universum weiß, dass du alles andere als schüchtern bist. Lass ihn endlich an dich ran, dafür hast du doch nicht die letzten Jahre umsonst auf der Bank gesessen, um jetzt hier zu kneifen und dich selbst zu veräppeln. Los, gib dir einen Ruck, er himmelt dich total an"*, meint meine innere Göttin und wäscht mir jeden Gedanken weg, der verhindern könnte, dass ich mich ihm hingebe. Ich versuche, die Situation zu retten.

„Wolltest du mich gerade etwa küssen, Ray?"

„Ja, das wollte ich! Ehrlich gesagt, will ich es immer noch, aber ich werde dich nicht dazu drängen!"

„Überlege dir schnell etwas, sonst ist er gleich weg", spricht mich noch mal meine innere Stimme an und bringt dazu mich langsam wie auf Beutejagt in seine Richtung zu bewegen. Man könnte meinen sie hätte mich geschubst.

„Ray, es ist nicht so, dass ich nicht will. Ich möchte nur nicht, dass du einen falschen Eindruck von mir bekommst"

„Niemals", antwortete er sofort und nimmt mein Gesicht in seine Hände. „Du bist die Frau meines Lebens. Du warst für mich da, als ich nichts hatte. Auch wenn es nur sehr kurz war. Du hast mich getröstet, als es mir schlecht ging, und du gabst mir das Gefühl wertvoll und nicht verloren zu sein. Mein Vater meinte, dass die richtige Frau kommen würde, obwohl ich da schon wusste, dass sie bereits da war. Du bist mein größtes Glück. Ich habe mich unsterblich in dich verliebt. Doch wenn es von deiner Seite aus nicht so ist, dann ist wohl Freundschaft das Einzige, was uns verbinden wird. Ich wusste immer, wo du warst, was du gemacht hast und wie es dir ging. Sogar, dass du diesen Jasper verlassen hast. Ich wollte schon früher kommen, doch ich habe auf den richtigen Augenblick gewartet."

Mir schießen Tränen in die Augen, denn so etwas hat noch nie zuvor jemand zu mir gesagt. Ich kenne ihn nicht so gut, das ist Fakt. Doch mich verbindet mehr mit ihm, als ich je zu glauben wagte. Wie schon gesagt, Seelenverwand. Zumal diese Bindung zwischen und nicht anders zu erklären ist. Wenn ich es mir jetzt versaue, dann werde ich es bis in alle Ewigkeit bereuen, das ist auch Fakt. Vielleicht sollte ich nicht so viel überlegen, sondern mich einfach gehen lassen. Ich schniefe und wische die Träne fort, die meine Wange runterkullert. Meine Gefühle verstärken sich von Augenblick zu Augenblick, während ich ihn betrachtete. Die ganze Zeit habe ich auf diesen Augenblick gewartet und plötzlich bin ich so feige. Ich schaffe es nicht, meine Gefühle zu zeigen. Er geht an mir vorbei in Richtung Sofa und schnappt sich sein Sakko. Um Gottes Willen, ich verliere ihn wieder. Ich muss jetzt einschreiten. Sofort. Vielleicht ist bereits jetzt alles vorbei, weil er es sich anders überlegt hat. Schließlich gibt er sich mir gegenüber offen, doch ich bin dabei, es wieder versauen.

„Halt! Bleib stehen, geh nicht wieder fort", rufe ich und will in seine Richtung. „Tu mir das bitte nicht noch einmal an. Ich werde es kein zweites Mal überleben – glaube mir."

Er lächelte und sieht mich mit einer erhobenen Augenbraue an.

„Soll ich ehrlich sein?"

„Inwiefern?" *Was meint er damit? Was soll ich tun, verdammt?* Ich rufe nach meiner inneren Stimme, sie hat doch immer einen Rat und gute Antworten auf fast alles. *"Wo bist du denn? Sag etwas, verdammt, hilf mir doch. Nie bist du da, wenn ich dich wirklich brauche, aber sonst immer mit einem Spruch den niemand braucht."*

„Willst du die gute oder die schlechte Nachricht hören", fragt er und schaut mich durchdringend an.

„Ich glaube, ich will zuerst die Gute, oder!?"

„Ich hatte nicht vor zu gehen."

„Und die schlechte", frage ich mit gerunzelter Stirn. „*Wo bist du, rede mit mir endlich?*, schreie ich innerlich und hoffe auf eine Antwort, doch es herrscht nichts als Stille.

„Ich hoffe, er passt."

„Was passt, das Sakko?", frage ich doof. Es passiert nun etwas, das ich eh nie für möglich gehalten habe. Er holt aus seiner Jacke eine kleine Schatulle und kommt auf mich zu. Er kniet sich vor mich hin und meint: „Ich hoffe wirklich, dass er passt!

„Das ist nicht wahr! Er tut es doch nicht wirklich, oder?", schießt es mir durch den Kopf. Scheiße er tut es doch." Dann meldet sich meine innere Göttin zu Wort: *„Ich habe es dir doch gesagt, weniger denken ist nicht ganz so schlecht!* Sie klatscht triumphierend in die Hände. *„Nicht ohnmächtig werden, nicht ohnmächtig werden. Und du, mein liebes Fräulein wirst noch sehen was du davon hast mir nicht Rede und Antwort zu stehen, wenn ich dich so sehr brauche wie vorhin",* rede ich mit mir selbst.

„Du warst mir die letzten Jahre der einzige Halt. Auch wenn ich nicht hier war, so war ich immer in deiner Nähe und du in meinem Herzen. Ohne dich wäre ich wahrscheinlich verloren gewesen und im Regen ertrunken. Es gibt im Leben immer diesen einen Moment, dieses einzigartige Gefühl, dieses Unbeschreibliche. Dies durfte ich erleben, als du das erste Mal vor mir standst. Als ich hier weg war, hatte ich nur einen Gedanken und Wunsch – und zwar, dies hier zu tun." Es streicht sich durch die Haare, räuspert sich, sieht nach oben tief in meine Augen und tut es tatsächlich. „You are the Reason. Liebste Kati, ich habe bereits alles gesagt, was ich sagen wollte. Da ich aber nicht mehr so lange auf das nächste Mal warten möchte und dich immer an meine Seite haben will, frage ich dich hier und heute, ob du meine Frau werden willst? Du bist die Frau, die mein Vater vorhersah, mit der ich den Rest meines Lebens verbringen will.

Zumindest hoffe ich, dass du auch noch gut kochen kannst. Dann wäre es perfekt."

Er lächelt, und da weiß ich, dass es ein kleiner Scherz seinerseits ist.

„Was soll ich denn sagen? Ich bin überwältigt. Doch wenn ich ehrlich bin, habe ich mir die letzten Jahre genau das hier ausgemalt. Jeden Tag. Jedes Mal, wenn es regnete und ich dein Gesicht vor meinen sah. Zusammen sein, mit dir, bis dass der Tod uns scheidet. Ja! Ja.! Ja! Oh, ich will, Ray, für immer und ewig", sage ich, gehe in die Knie, nehme sein Gesicht in meine Hände und küsse ihn mit all meiner Liebe, die ich in mir verspüre für diesen einzigartigen Mann, der mir nie mehr von der Seite weichen soll. So etwas gibt es nur im Filmen – dachte ich, doch hier und jetzt weiß ich, dass das Leben die besten Geschichten schreibt. Und hier fällt mir ein Spruch ein: „Wenn du mal nicht weiter weiß, denke an den Moment zurück, wo du es vielleicht gewusst hättest, und tue dann das Richtige."

„*Na endlich*", sagt meine innere Stimme.

„*Muss man dich den immer zu deinem Glück zwingen, in Ketten legen und vorführen? Das kann doch nicht wahr sein. Tzz, er steht seit Stunden in ihrer Küche und sie überlegt noch, ihn zappeln zu lassen. Ich glaube, auch ich werde immer an deiner Seite bleiben, bis uns der Tod scheidet. Ohne mich geht es nun einmal nicht. Auch wenn ich nicht immer antworte, so bin ich immer für dich da!*" Meine innere Göttin hat so was von recht. Zu lange habe ich diesen Augenblick herbeigesehnt. Ich liebe diesen Mann und er liebt mich allem Anschein nach auch. Wie sonst würde er es mir anders beweisen, als mir hier einen Heiratsantrag zu machen. ER hat alles: Geld, Macht, ein blendendes Aussehen und somit hätte er an jedem Finger eine Frau haben können. Doch er entscheidet sich für mich – und nur das zählt! Das Essen bleibt auf der Strecke, weil wir die Finger voneinander nicht lassen können. Draußen regnet es wieder, doch das ist uns egal. Wir genießen unsere Zweisamkeit das, was uns verbindet und das die ganze Nacht lang.

Ein Jahr später, an einem verregneten Sommertag heiraten wir. Der Pfarrer meint noch kurz vor Schluss: „Schade, dass heute Regenwetter ist, trotzdem wünsche ich Ihnen eine tolle Zukunft und eine schöne Feier."

Bei dem Wort „Regen" müssen Ray und ich plötzlich schmunzeln, denn noch am Abend zuvor hatten wir uns darüber Gedanken gemacht, ob es Regen oder Sonnenschein gibt.

„Ich glaube, das Schicksal meint es gut mit uns", sagt Ray, schnappt sich meine Hand und läuft mit mir aus der Kirche in den Regen hinaus.

Die anderen Gäste sind baff und sprachlos darüber, was wir da eigentlich tun. Doch wir haben mittlerweile eine Beziehung zum geliebten Regen. Er ist ein Teil unserer Geschichte, ein wesentlicher Teil sogar. Wir fühlen uns wohl dabei, den Regen zu spüren. Das Gefühl weckt Erinnerungen in uns. Eigentlich begann unsere Geschichte im Regen. Bei aller Nässe und Kälte, er hat unsere Liebe zueinander entfacht. Während die andern das Spektakel unter Dächern und Schirmen beobachten, stellen wir uns hin und heben unsere Gesichter direkt dem Regen entgegen. Genau wie damals. Nur eines ist diesmal anders: Diesmal sind wir zusammen hier, Hand in Hand, als Mann und Frau.

„Kati, fühlst du es auch?", fragt mich Ray.

„Ja, das tue ich und es fühlt sich wunderbar an."

Wir sind immer noch die Gleichen geblieben und genießen den Regen, der von unseren Gesichtern so wie damals abperlt.

...

Mein allergrößtes Dankeschön, geht an meinen Freund & Lektor: Harry Michael Liedtke vom LEUCHTFEDER - VEREIN www.leuchtfeder.de

... der mir mit seiner Unterstützung sehr viel Mut gibt und einfach bei allen Fragen immer zur Seite steht. Am allermeisten war ich über seine Meinung über diese Story erfreut...

Seine Worte:

„Die Geschichte ging richtig zu Herzen. Hat Spaß gemacht."

Nicht zu vergessen möchte ich auch meiner Familie und Freunden danken, dass sie immer für mich da sind und an mich glauben.

Ich hoffe sehr, dass diese Geschichte auch allen anderen Lesern gefallen hat. Wenn es so ist ... was will ich mehr. ;)

Annette Gwozdz

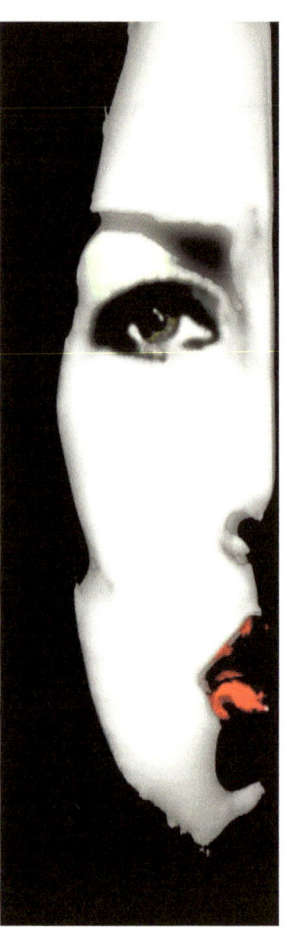

1978 in Gleiwitz geboren, wanderte 1988 mit ihrer Familie nach Deutschland aus. Im Jahr 2010 fand Sie zu ihrer Leidenschaft zurück - dem Schreiben und veröffentlichte 2013 ihren ersten Fantasy – Roman: „Poison-Zerrissen zwischen zwei Welten". Nun möchte sie ihrer Leidenschaft nachgehen und sammelt Erfahrungen und Stoff für neue Geschichten.
Sie meint:

„Das Leben selbst, schreibt die besten Geschichten. Wir müssen nur gut zuhören!"

Veröffentlichte Werke/ Leseproben

ISBN: 978-3-99038-097-0

Der Flug

Es war Anfang August, als ich im Flugzeug saß, und ich fragte mich, was mich gepackt hatte, diese Reise zu unternehmen. Obwohl ich totale Panik vor dem Fliegen habe, hatte ich mich dazu entschlossen, stundenlang in einer Blechdose in zwölftausend Meter Höhe zu verbringen, um zum anderen Punkt auf dieser Erde zu gelangen. Ich las die Bücher von Bella und Eduard (Twilight)

und war so fasziniert davon, dass es mich länge-
re Zeit verfolgt hatte, und der Wunsch einmal
dorthin zu fahren, wo alles begann, wurde immer
größer und entpuppte sich als ein machbarer
Trip. Ich wollte schon immer nach Amerika, jetzt
hatte ich die Chance, mir gleich zwei Wünsche
auf einmal zu erfüllen.

Mein erster Gedanke war, klar, das wird ein
Abenteuer, es konnte mich nichts und niemand
mehr davon abhalten. Bevor das Flugzeug star-
tete, hatte mich ein kalter Schauer durchzogen,
aber ich hatte alles im Griff. Es dauerte nur sehr
lange, aber im Flieger war alles dabei – DVD
Spieler, Playstation essen, trinken – alles, was
man brauchte, um sich abzulenken. Ich musste
eingeschlafen sein, denn kurz bevor das Flugzeug mit dem Sinkflug begann, wurde ich von
einem lauten Krach geweckt. Die Menschen im
Flieger fingen an zu kreischen und ich war dabei,
eine ausgewachsene Panikattacke zu bekommen. Es wurde nach mehreren Minuten wieder
etwas ruhiger. „Gott sei Dank", dachte ich. Zu
früh, denn in der nächsten Sekunde fing es wieder an und mit was für einer Wucht. Es schep-
perte und krachte wie bei einem Bombenan-
schlag, sofern ich so was beurteilen kann. Wenn
man aus dem kleinen Fenster sah, sah man nur
Blitze, und ein albtraumhaftes Gewitter kam ohne
jegliche Vorwarnung direkt auf uns zu. Plötzlich
ging es ganz schnell. Die Nase des Fliegers
schoss steil nach unten und kleine unverschlos-
sene Sachen flogen durch die Gegend. Ich
schnappte mir eine Tüte und merkte, dass ich
hyperventilierte. Eine ältere Dame neben mir

erging es ebenso. Sie hatte Tränen in Augen, soweit ich erkennen konnte, denn meine Augen ertranken in meiner eigenen Tränenflüssigkeit. Sie wiederholte mehrmals nur, dass sie schnell nach Hause zu ihrem Mann und Kindern wollte, die unweit des Flughafens wohnten.

Ich konnte nicht einschätzen, wie viel Zeit verstrichen war, bis der Kapitän das Flugzeug wieder im Griff hatte, aber es dauerte eine gefühlte Ewigkeit. Plötzlich ging von einer Sekunde zur anderen alles ganz schnell. Der Kapitän entschuldigte sich noch bei allen Fluggästen für den unangenehmen Zwischenfall bei der Landung und wünschte einen schönen Aufenthalt. Ein tolles Gefühl, als die Blechdose zum Stehen kam – ich wollte nur noch nichts als raus. Zurück nach Deutschland würde ich wohl als Pilger zur Fuß oder mit einem Schiff zurücklegen. Na ja zu Fuß würde ich wahrscheinlich als eine alte Dame zurückkehren.

In der Gepäckhalle wollte ich meine Koffer entgegennehmen, ich hatte drei große mitgenommen für den Fall, dass ich den einen oder anderen davon verlieren würde. Ich wartete und wartete, aber die Koffer kamen nicht. Die meisten Menschen waren schon weg und ich stand immer noch da und wartete, dass meine verflixten Koffer kamen. Als ob ich es geahnt hätte, dass ich drei mitgenommen hatte, aber viel hätte es nicht genutzt, denn jetzt waren alle drei weg. Ich glaube, in diesem Moment war mir alles egal – allein, ohne Koffer, ohne Plan, hungrig, müde und einfach erledigt.

Ich ging zum Schalter, um nachzuforschen, wo meine Köfferchen waren. Nach einem kurzen Telefonat und einigem Rumtippen im PC erklärte mir die nette Empfangsdame mit einem Lächeln, das mich faszinierte, weil die Zahnkronen gut gemacht waren: Sorry, Miss Miller, ihre Koffer sind leider in einem anderen Flugzeug gelandet und werden in den nächsten Tagen wieder hier ankommen." Es tut mir Leid, kann ich noch etwas für Sie tun Miss?In diesem Moment dachte ich nur eins: „Kein Problem, das kann ja nur mir passieren." Danach kam mir noch ein weiterer Gedanke, der mich wie ein Schlag traf. „Eine Person mit drei Koffern, falls der ein oder andere. ihr wisst schon ... und dann so was. Alle drei sind weg, so etwas kann nur mir passieren."

„Hallo entschuldige bitte!", hörte ich hinter mir eine wundervolle männliche Stimme. „Ein Engel wurde mir gesandt, um mir beizustehen", dachte ich nur. Als ich mich umdrehte, stolperte ich über eine Tasche direkt zu meinen Füßen. Es war bestimmt keine Absicht gewesen, aber Tatsache war, da lag eine Tasche, aber es war nicht meine. Ich konnte nicht verhindern, dass ich stolperte und zu Boden fiel. Bevor ich aber auf dem Boden beinahe mit dem Kopf aufprallte, spürte ich einen Arm unter meinen Körper, der mich auffing. Das war das Positive an dieser Reise bis jetzt, denn jemand hatte mich aufgefangen, aber es war nicht irgendjemand, es war dieser nette junge Mann mit der wundervollen Stimme. Vor Peinlichkeit bekam ich sofort einen heißen Kopf und mir wurde noch heißer, als er mich anlächelte. Er hatte ein Lächeln wie ein Engel und stellte sich vor. Sein Name war Darren und er war hier um seine Großmutter abzuholen, eine der älteren Damen, die im Flugzeug zwei Sitzreihen vor mir saß. Ich hatte schon während des Fluges bemerkt, dass sie mich ständig anstarrte und anlächelte und als sie sah, dass ich Angst hatte, gab sie mir irgendwie zu verstehen, dass ich keine Angst zu haben brauchte. Jetzt verstand ich diese Blicke, die mich durchbohrten, man nenne es auch Telepathie. Wir beide mussten jetzt lachen über diesen unvergesslichen Flug. Ich war einfach froh, wieder festen Boden unter den Füßen zu haben. Fast wäre ich in die Knie gegangen, um den Boden zu küssen. Aber das wäre noch peinlicher gewesen, als es ohnehin schon war. Für einen Moment war es so, als ob ich diesen Darren schon einmal gesehen hatte, aber wo und wie konnte es sein. Ich wusste es nicht.

„Wo kommst du her?", fragte er mich, „und was führt dich nach Forks?" „Ich wollte hier nur mal kurz Urlaub machen", und da bemerkte ich, dass er mir das nicht abgekauft hatte.

Carpe Diem…

[...] Das Karussell begann sich zu drehen. Waren es eines Morgens 500 Gramm zu viel, so wurde den ganzen Tag an jeder Kalorie gespart. Waren es jedoch 500 Gramm weniger, erlaubte ich mir, mehr zu essen, als noch den Tag davor, ließ die Zügel schießen. Die unvermeidlichen zusätzlichen 500 Gramm, die darauf folgten, ließen mich wieder verzweifeln und so weiter und so weiter.

„Verflixt aber auch, hört dieser Albtraum den nie auf", fragte ich mich und begann zu experimentieren:
Weight - Watchers: Ja, das klappte durchaus. In Vier Wochen waren 6 Kilo weg. Doch diese

Punkte zählen, es zerrte irgendwann auch an den Nerven, nahm wertvolle Zeit in Anspruch, und kann doch zu guter Letzt nicht der Sinn des Lebens sein?!?

Almased: Auch nicht schlecht, wenn man auf Babynahrung steht. Aber ich bin kein Baby, ich brauche was zum Beißen. Knackige Salate, Obst und Geflügel, sollten lieber meinen Tag begleiten.

 Sport: Das wäre es doch, der Königsweg, das einzig Wahre! Wenn nur die Ausreden nicht wären: Wenn es regnet, will der Sportmuffel natürlich nicht nass werden. Andererseits ist zu viel Sonne auch nicht so toll, wenn der Kreislauf nicht mitmacht.

Zu guter Letzt schien es nur noch einen Ausweg zu geben: Radikaldiät. [...]

Es weihnachtet sehr…

Es war an einem kalten Dezembermorgen, als ich wie schon die Jahre zuvor, dieses mir unerklärliche Phänomen beobachtete. Es gab in den Tagen vor Weih-nachten nie ein Gefühl der Entspannung. Obwohl man in unserer Zeit dank so vieler Angebote problemlos an fast alles drankommen konnte, gab es da draußen Menschen, die immer noch nicht verstanden hatten, was Weihnachten bedeutete. Möglicherweise haben es viele einfach vergessen. Es ist das Fest der Liebe, man sollte es mit Freude erwarten und nicht von A nach B hetzen oder Kinder mit Unnötigem belagern. Dieses tun viele bereits das ganze Jahr über. Seien wir mal ehrlich, um von dieser Hetzerei runter zu kommen, stehen danach nicht genügend Feiertage zu Verfügung. Die Geschäfte waren ausnahmslos mit Menschen überfüllt, quollen mehr als über. Wollte man an einen Einkaufswagen kommen, musste man entweder geduldig sein oder gar in Kampstellung gehen.

64

Bon Voyage

Samstag, 5:00 Uhr früh in Cala Salions. Alle anderen Bewohner der Urbanisation, wie man in Spanien Touristensiedlungen bezeichnet, schlafen tief und fest, erholen sich von der Beach Party, die erst vor zwei Stunden zu Ende gegangen ist. Ich dagegen stehe auf der Terrasse und lausche das letzte Mal in diesem Jahr dem Meeresrauschen, höre, wie die Wellen an den Klippen brechen.

Wir essen noch einen Happen, stopfen das letzte Gepäck in unseren kleinen VW Cross und bereiten uns langsam darauf vor, die fast tausendvierhundert Kilometer lange Heimreise anzutreten.

„Wir brauchen auf jeden Fall ein größeres Auto“, sage ich und stelle den Kaffeebecher in die dafür vorgesehene Ablage. Die Kids machen es sich mit ihren Kissen hinten bequem und wir brechen gegen 6:00 Uhr endlich auf. Einerseits bin ich happy, dass wir wiedermal einen tollen Urlaub erleben durften, andererseits trübt die Aussicht auf den alten Trott, der ab Montag wieder beginnt, meine Laune. Ein Lichtblick: Die Familie daheim weiß, dass wir gegen Abend da sein werden, und wartet mit einem Barbecue auf uns.

„Also, dann mal los“, sage ich im Stillen und sende ein Stoßgebet zum Himmel. Ich mag diesen Weg bis zur Autobahn nicht. Er führt sechzehn Kilometer durch die Pyrenäen und ist ein extremes Serpentinengewirr. Bei Tageslicht ist es so gerade noch okay, doch um diese Zeit ist es noch stockdunkel, und ich werde nervös, wenn ich mir vorstelle, dass nur ein kleiner Fehler von mir uns alle vier in die Tiefe katapultieren könnte.

Chauffeur de taxi

ISBN: 978-3-96174-011-6

Endlich, geschafft!, denke ich mir, als wir in Saint-Tropez landen und das Flugzeug in Parkposition zum Stehen kommt. Wie ich den Rückflug überstehen soll, will ich mir jetzt noch gar nicht vorstellen.

Wieso muss mein Chef gerade mich hierhin schicken?

Verdammter Scheißkerl! Was denkt er sich immer dabei? Er weiß ganz genau, dass ich Flugangst habe.

Vielleicht will er mich loswerden, damit ich mich

bloß nicht mit Kilian treffen kann. Kilian ist unser neuer Abteilungsleiter und hatte von Anfang an ein Auge auf mich geworfen – was mir sehr schmeichelt. Ich genieße seine Aufmerksamkeit sehr. Mittlerweile haben wir sogar eine Art Affäre miteinander. Leider hat mein Chef davon Wind bekommen und erstickt in Eifersucht.

So malerisch das Ziel auch sein mag, die Trennung und meine extreme Flugangst lassen es nicht zu, dass ich mich auf diese Auslandsreisen freue.

Diese verdammte Hitze hier, denke ich, als ich auf das Thermometer blicke und die Anzeige bereits jetzt schon zweiunddreißig Grad Celsius anzeigt. Ich hoffe nur, dass es im Hotelzimmer eine gute Klimaanlage gibt, sonst werde ich wie eine Primel eingehen.

Ich arbeite als Chefassistentin in einer angesagten Immobilienfirma in Köln. Wir kaufen alte Häuser, renovieren sie und verkaufen sie für das Dreifache, manchmal auch das Vierfache. Die Firma wurde vor circa zehn Jahren gegründet und entwickelt sich seither gut. Mittlerweile sind wir international:

Spanien, Frankreich, Portugal, Schweiz ...

Saint-Tropez, die Stadt der Städte auf dieser Welt, der kleine Hafenort, für den manch einer über Leichen gehen würde, nur um hier leben oder auch bloß arbeiten zu können. Für meine Kollegen ist eine Solche Reise in südliche Gefilde immer die Chance auf einen kurzen kostenlosen Urlaub, doch für mich ist es stets eine riesige Qual, in dieser geflügelten Blechkiste zu verharren. Als ich mir meinen Koffer

vom Band schnappe, kann ich spüren, dass es diesmal ein unvergessliches Abenteuer werden wird, alleine schon wegen der mir fremden Sprache.

Da ich mit meinem Französisch ziemlich weit hinten liege, weil ich die meisten Abendkurs-stunden lieber mit Freunden verbracht hatte anstatt im Unterricht, bekomme ich jetzt die Quittung. Bereits als ich mir ein Taxi besorgen will, um zum Hotel zu kommen, nimmt das Desaster seinen Lauf.

_____

Dankeschön an: **Manuela Klumpjan** vom Edition Paashaas Verlag, dass ich bei dieser tollen Anthologie dabei sein durfte.

„Wenn du mal nicht weiter weiß,
denke an den Moment zurück,
wo du es vielleicht gewusst hättest,
und tue dann das Richtige."

(AnGwo)

Schreiben ist leicht.
Man muss nur die falschen Wörter weglassen.

(Mark Twain)

„Vergiss nie die schlechten Tage in deinem
Leben, denn sie haben dich stark gemacht."

(AnGwo)

70

Es ist nicht der gerade Weg,
der ans Ziel führt.
Manchmal muss man daneben
schießen, um in der Mitte zu landen.

(AnGwo)

Danke!!!